母の詩集

池下和彦

童話屋

#『母の詩集』讃

小澤　勲

この本は認知症の母を詠った詩集ですが、時に涙ぐみ、時にくすっと笑いがこみ上げてき、読み進めるうちになぜか幸せな気分になれる素晴らしい詩集です。

おそらく、すべての詩に共通するのは「いつ」という詩（一七四ページ）のような池下さんのかかわりのあり様であり、感性でしょう。

「一人でトイレに行かれなくなったのはいつ／一人で歩けなくなったのはいつ／一人で食べられなくなったのはいつ／一人で風呂に入れなくなったのはいつ／どれもいつからと答えられない／看病でも介護でもなく／いっしょにくらしているだけだったから」（原詩では／で行カエ）

私は拙著『痴呆を生きるということ』（岩波新書、二〇〇三）で、認知症の人の心に添うケアを届けるために、その心のありかを探ってきました。しかし、認知症が最重度になった人について「彼らの心を理解することで関係をつくろうとする志に限界が訪れる。だが、そもそも人は理解できなければ人と関係を結び、人を慈しむことができないわけではない。食べる、排泄する、衣服を替える、入浴する、そういった日常生活への援助を日々続ける。そこから《ただ、ともにある》という感覚が生まれる。ともに過ごしてきた時の重なりが理解を超える」と書きました。このような境地に、暮らしのなかで、すでに十年前に到達されていた池下さんには、脱帽するしかありません。その頃はまだ、病院や施設では、スタッフの都合で身体拘束や行動制限が当たり前のように行われていたのです。

実は拙著で　池下さんの詩「つづき」（一〇六ページ）を孫引きで引用したのですが、私家版だったので、原本が手に入らず、探し続けていました。ところが、最近、ひょんなご縁で私の旧知の方から『母の詩集』を送っていただきました。お尋ねするとまだ私家版のままだとのことで、こんなに素晴らしい詩集を私家版で埋もれさせてはいけないと感じ、ほんの少し私が橋渡しをして、今回の出版になりました。たくさんの方々に読んでいただけることを心から願っています。

母の詩集　目次

約束違反

平成三年秋、　母はアルツハイマー型老年痴呆《ちほう》と診断された。

約束違反

その医者は
母を
アルツハイマー型老年痴呆《ちほう》だという
今の医学ではなおらない病気だという
なおらないから老年痴呆なのだと駄目を押す
つける薬もないという
のんでも気やすめなのだと駄目を押す
そんなに駄目を押すこともないだろうに
脳が縮んで
しまいには消えてしまうのだという
からだが残って
脳が先に消えてしまうだなんて
そんなの約束違反じゃないか

おじぎ

別の医者の診たても同じだった
注意深く
遠いことばで説明してくれて
事の重大が理解できた
少し離れたところに座っている母が
医者に向かって
なんどもなんどもおじぎをしている

せりふ

心当たりはいくつもあった
父もぼくも
そのたびに
「おれだって次の部屋に行くまでに
何をしに来たかを忘れるし」
などといってみた
そのせりふで説明できないことは
ひとまず横におくことにした
何をしに来たかを忘れたのではない
何をしていいかがわからなかった
だけなのだけれど

川

川を見て
母は
海
という
ぼくが少しとがめた口調で
海
ときさかえすと
母は
海から流れる川といいなおした
あまりに静かなものいいだったので
それを
ふたりのあいだの真実にする

アドバイス

同じ病気で肉親をなくした知り合いが
ちょっと声を落としていう
この病気の本当にこわいところは
知的能力がくずれても感情はさいごまでのこる点だ
ぼくはうんざりしていう
そのアドバイスなら聞いた
別の人からも聞いた
なんども聞いた
知り合いは動じることなくつけくわえる
いや大切なことは
そのなんども聞いた出来事の今度は
君が当事者になるという点だ

いいちがい

ぼくをよぶつもりで
ここにはいない息子の名前を口にする
いいちがいに気がついて
それからぼくの名前をかんがえる
目のまえにいるぼくの名前など思い出さなくていい
ここにはいない息子をよぶため
母には覚えておく名前がある

予知

ぼくが突然
両親のすまいをおとずれると
父が
あれ
母さんがいっていたことが当たったと苦笑する
朝から
今日は和ちゃんがくるよと
母さんはいってきかない
今日はくる予定はないと
説明していたところなのだという

まあ
母さんはいつもそんなことをいっているから
まぐれで当たることもあるな
父はそういってその話を切り上げた
いいえ
母の予知は常にただしい
そのとおりにならなかったとすれば
こちらがわの予知が
はずれたにすぎないのだ

歌子

母の名前は歌子という
みかんの花咲く丘が愛唱歌だという
掃除をしながら鼻歌でうたっていたそれなら
きいたことがある
さいごまでうたうことはないから
さいごまでうたえるかどうかわからない
そんなこともわからなくて
いま
母のつごうをきめようとしている

つごう

母にもつごうはあったはずだ
なのに
母がつごうらしいつごうをいいたてた記憶が
ぼくにはない
父がつごうで浮気をしたときも
自殺未遂で始末をつけようとしただけだった
ぼくがつごうで離婚したときも
それを自分のせいにしようとした
母は母のつごうを
どこかに置き忘れてきたらしい

人生読本

ロングセラーをつづける人生読本には
きのうとあしたに扉をたてて
きょうのわくのなかで
いきるべきだと助言する
きょうを
いまをいきることで
人生のなやみはなくなるのだという
母は
一時間前というきのうをわすれる
一時間後というあしたをおもいうかべることができない

だから
なやみからときはなたれて
いまをいきればいいはずだ
きのうという逃げ場も
あしたという避難所もない
ただ
いまのなかで

小遣い

母がまだ
なんとかお金の計算ができた時分
ぼくにくれた小遣いがある
それは
ボーナスが出るごとにわずかばかり
母に渡していた金をためていたものだった
母さんにあげたものなのだからと
ぼくは何度もことわったが
母の気《き》魄《はく》にけおされて結局
受け取ることになった

それから間もなく
母は釣り銭の計算ができなくなり
一人では買物に行かなくなった
あのお金を受け取るとき
ぼくはなぜ
もっと素直に喜んでみせなかったのだろうか
息子に小遣いを渡すという
母のラストチャンスは
いま
貯金通帳の一行の金額に記されてある

鬼ばばあ

顔が
鬼ばばあになる
とつぜん脈絡《みゃくらく》もなく
鬼ばばあになる
ぼくはうろたえて
その顔から鬼ばばあを追いはらおうとする
けれど
その顔にふさわしいことばが
まきちらされる
そうして
母はせいせいとねむりにつく

精算書

いけしたうたこさん
病院の会計係が
母の名をよぶ
はい
ぼくはこたえて窓口へいく
会計係の女性は
いけしたうたこの精算書をぼくに手わたす
千円札をだして百円玉のつりをもらう
いけしたうたこ
ではないけれどもぼくは
いけしたうたこの精算をする

呼び鈴

引っ越しの業者が手ぎわよく
十数年の住まいから荷物をトラックに移す
そこには畳と天井だけが残る
水道も電気もガスもとまった住まいは風通しがいい
両親をうながし
そこをたちさろうとしたとき
母は呼び鈴を押す
畳と天井だけの空間にベルがなる
母はだれを呼ぼうとしたのか
そうしてさっぱりとした顔で
手に持つことができるだけの荷物を
母は手にする

愛日

平成四年晩春、母は父を連れだって私といっしょに暮らすようになった。

旧姓

前の病院の紹介状をもって
地元の大学病院の精神科を訪れる
助教授である医師は
母に
出身地をたずね
親の名前をたずねる
母は
昔のことだからわすれてしまった
と言い訳をする
じゃあ
あなたの名前はと医師はたずねる

「いずみうたこ」
元気な声で
母はこたえる
「母の旧姓なんです」
私はあわてて説明する
母はといえば
得意満面で医師と私とを等分に見ている

軍歌

ここはどこ
母が一日に何回か口にする問いだ
ある日の夕方
近所を散歩していた途中
ここは、と
母は言いかけた
ここはね
と答える私の言葉のうえを
母は
おくにのなんびゃくり
とつづけた

一番をいっしょにうたい
二番は
母がうたう歌をきくことになった
この何十年前の銃後《じゅうご》の守り手に
わたしは
ここをどこだと答えようとしたのだろうか

下着

この下着は
だぶだぶできゅうくつだと
母はいう
だぶだぶなの
それとも
きゅうくつなの
とききかえしても答えはおなじである
だぶだぶできゅうくつな
ぼくの一日を
母はしっているにちがいない

無事

だれがこの土を盛ったんだろうねえ
畑に出来たもぐらのあとを見て
父が首をかしげている
となりの奥さんじゃない
母が説明してみせる
となりの奥さんがねえ
父の首はかしいだままだ
父と
母の背中のうしろでは
となりの奥さんからもらった朝顔が
無事さいている

あいさつ

平成四年七月十六日
この日は父とけんかをして
母が家出をした最初の日である
役所から帰ると
玄関先でうろうろしながら
大変なことになったと父は言う
二人で病院からもどって着替えをしていたところ
母がおこって家を飛びだしたというのだ
上着をはおって外に出たときにはもう
母さんの姿は見えなかった
自転車で近所を一周したけれども
どこにもいなかったという

留守を父に頼んで
母をさがしに出かける
母の姿は近所にない
足をのばして一里先の手賀沼にむかう
果たしてむこうから
深みどりの割烹着《かっぽうぎ》を着た
母が歩いてくる
入れ歯をはずした口元に
顔中のしわをたぐりよせて
こちらに近づいてくる
徘徊《はいかい》しているのではなく家出途中の
母に出くわして今度は
それにふさわしい
ことばをさがしはじめる

ありがとうございました

なにかをしてあげると
母は最近
ありがとうございましたと言う
ありがとうでいいんだよと言っても
ありがとうございましたと言う
母はそれを単にあいさつで口にしているのではないのだろう
一回一回
有り難かったという意味をつたえるため
口にしているのだ
すこし遠慮がちに今日も
母は
ありがとうございましたと言う

背中が寒くない？

梅雨明けの暑さのなか
上半身裸で作業をしていたら
後ろから
母の声が掛かる
「和ちゃん、背中が寒くない？」
母は自分の目で見たことだけで発言する
裸の胸を見るまでは
「和ちゃん、胸が寒くない？」とは言わないのだ
寒々しいぼくの気持ちをさわらずに
そっとしておいてくれているのは
そのせいなのだろう

救急車

母をころして自分もしぬと父は
一晩中さわぐ
私は包丁をかくし
はさみをかくして
寝ずの番をする
夜があけてもおさまらないから
救急車をよぶ
若い隊員が父と
母とを見守るなか
私は精神病院に電話をする

父を収容してくれないかとたのみ
次々ことわられる
救急隊には結局
手ぶらで引き取ってもらうことになる
私を積みのこして
救急車は走りさる

夫婦喧嘩

母には
いい父さんと
わるい父さんとがいて
それが数時間おきに交替する
いい父さんのときには心中行きにもついていく
わるい父さんのときには猫なで声にもとりあわない
「あんただれ」と悪態をつき
半世紀前の不行跡《ふぎょうせき》を言い立てて
ついには父を逆上させる
ふたりは命を懸けて
さいごの喧嘩《けんか》にいそがしい

郵便物

おまえあての郵便物がくると
母さんは
いますぐ役所に電話をして
そのことを和彦に知らせなければならないと言ってきかない
おまえからもよく説明しておいてくれと父は言う
郵便物の一通は暑中見舞いの返信で
残りの三通はダイレクトメールだった
バーゲンセールの案内状が届いたよと
母からもし電話があったとしても
あまり場違いではない電話を
毎日私は受けている

どぼん

母の病気を気に病んで父は
家を出ていくと言う
これ以上
息子には迷惑を掛けられないと言う
家を出て
母さんとどぼんすれば
すべてが解決すると言う
どぼんの意味をたずねたことはないけれども
ぼくには父の言うことは分かる
かたちばかりひきとめて
それからふたりを見送る

半日後
どぼんしそこねた父をつれて
母はもどってくる
もちろん
何が解決したわけでもないから
ふたりの行き先は変わらない

友達

このところ
母は私が息子であることを忘れている
ひとまわり上の姉は
母さんの病気は記憶の新しい順に忘れていくから
子供たちの中で
和ちゃんを最初に分からなくなっても
すこしもふしぎじゃないのよ
と解説してくれる
ひとまわり先に忘れても
母は私を
なにかしら親しいものであるとは感じている

親しいものであると感じる気持ちを
たよりにしながら私は
ひとまわり先に
母の親しい友達になる

注意書き

ふたつのバケツの胴体には
マジックインクでそれぞれ
きれいなぞうきん
きたないぞうきん
と書いてある
母が一度つかったぞうきんを
二度も三度もつかわないようにするための注意書きだ
二階の物干し場には
洗濯物を勝手に取り込まないこと
と書いた札をぶらさげてある
母がなま乾きのまま取り込んでしまうからだ
そんな注意書きも
だんだん要らなくなった

母は
もう自ら気をきかして
ぞうきん掛けをすることはなくなり
洗濯物を取り込むこともなくなった
自分で書いた注意書きを見ながら私は
母といっしょに
ぞうきん掛けをして
洗濯物を取り込む

日課

朝起きて
階段をおりると
その途中に
新聞が置かれてある
母が毎日そこに置いておくらしい
おそらく記憶力の何分の一かが
その作業のために割かれるのだろう
休刊日でもないのに
たまに
そこに新聞が置かれていないことがある
行間に
記事以外のことをよみとるわけではないけれども

そんな日は
すこしほっとする
母の日課は
そうして私の日課になる

地面

目を離したすきに
外に出て
母は地面をふく
さきほどまで廊下をふいていた
そのぞうきんを差し出し
こんなによごれていると言う
ふいてもふいても
きれいにならないと言って
なお
ふきつづける
母は大地と
じかに話しはじめたらしい

作話

さっぽろに行くよりも
ここのほうがいいよねと
母は同意を求める
さっぽろには親孝行の息子がいて
親しい友達もたくさんいる
帰ってこいとうるさいけれども
遊びにこいとたびたび便りをくれるけれども
ここのほうがいいよねと
同意を求める
わたしは友達としてうなずき
母は作話《さくわ》の語り手としてうなずきかえす

天気

雨があがった朝
母は
隣のうちの上が天気だねと言う
聞き返すと
うちの上も天気だねと言いたす
隣のうちの上にも
うちの上にも
秋晴れの空がひろがっている

犬

近所で飼っている秋田犬《あきたいぬ》が
たまに餌をねだりにくることがある
母が
昼間大きな坊やがあそびにきたのよ
と話しはじめる日のことだ
大きな坊やって犬のことでしょ
と水を差しても
犬にみえるかもしれないけれど
大きな坊やなのよ
と楽しげに答える

入れ歯

食事の途中にふと
母はたずねる
わたしの入れ歯はどこにあるの
いま母さんの口のなかにあるよ
わたしは答える
口のなかにあるのがわたしの入れ歯なの
母は問いを重ねる
父とわたしは顔を見あわせ
母に視線をもどす
母の口のなかには
食物と入れ歯とがある

補聴器

耳の遠い父が
補聴器を外すとき
母にそれをつげる
おい
これから補聴器を外すぞと
母は
補聴器を外すと
私の文句が聞こえなくなって都合いいわね
と軽口をたたく
父とわたしが笑う

母は
自分の冗談で人を笑わせたと
有頂天だ
有頂天のまま
母は笑いつづける

はい秋です

医者がたずねる
いまの季節はなんですか
母が答える
はい秋です
そう答えて先生から大変ほめられたと
母は報告する
数か月前きょうは何月何日かを答えられなくて
しばらく落ちこんでいた母が
ここで名誉をばんかいしたとばかりに報告する
食卓では
今年は大豊漁のさんまが
はい秋ですと答える

真実

役所から帰ると
母はさっそく
留守中の出来事の報告に及ぶ
空想力でおぎなっても日ごと
わからない話が多くなる
わからないまま
うなずく
うなずいても
にせの会話にはならない
意味からほどかれた言葉が
真実との距離をはかる

切る

父が昼寝をしているあいだに
母は
電気がまのコードを切った
ハンドバッグのとってを切った
裁ちばさみが
こたつのうえにあった
母は
電気がまのスイッチを切ったつもりなのだ
母には
もうハンドバッグのとってが要らないのだ
裁ちばさみの新たな仕舞い場所を考えながら
父とわたしはそのように納得する

段差

風呂のまえにはトイレに行く
母の日課の一つだ
その夜は
なかなか戻らないので様子を見にいく
母はトイレの中で裸になり
肌着を水につけて顔をぬぐおうとしていた
きのうの夜
すらすらしていたことを
あっさり
すててしまう
母は
こんなに深い段差を
いつのまに降りるのだろう

駈けおち

明け方
母が私の寝室をおとずれ
悪い人に追われているから
かくまってほしいと訴える
ひとまず私は
母をふとんに招きいれる
いいなずけをきらって
父の家に身を寄せた夜
母はこわくなって
義姉のふとんにもぐりこんだという

かつて
母から聞いた
そんな昔話をおもいだしながら様子を見る
しばらくして父が私の寝室をおとずれ
母さんが来ていないかとたずねる
あのとき義姉は
どのような返答をしたのだろうか

つかえ

食事の途中で
あっ神様拝むの忘れた
母がつぶやく
いっしょに食事をしていた私は
心で拝めばいいよと答える
母は
そうねと言って
食事にもどる
いいよと答えた私の
のどのつかえが取れない

掃除

便所から戻らないので見にいくと
トイレットペーパーで便器をみがいている
風呂が長いのでのぞくと
ブラシでタイルをあらっている
新聞を取りにいったまま帰ってこないのでさがしにいくと
家のまえの落ち葉をはいている
こうして七十六年間
母は
すきまなく掃除をし続けてきた
母が日ごと
よごれをおとしていくのは
そのためではない

息子

心配ばかり掛ける息子の
嫁になるという娘に対し
父親が
その真意をたしかめる場面で
ぼくはないてしまった
母は
なぜないているのとたずねる
この映画を見てないているんだよ
とこたえる
そうなの
母は
すこしかんがえてから

からだに気をつけてね
と言い足す
山田洋次監督のこの映画では
ろうあの設定で登場するその娘が
どんな言葉よりも深く
父親の問いにうなずいていた
ぼくは
その娘のまねをしそこねて
母からなぐさめられている

つめ切り

わたしのつめを二回切るごとに
母のつめを一回切る
切るほどにはのびていないことがある
そんなときは
切るまねをしてお仕舞いにする
母は
うれしそうに指をながめながら
ありがとうございましたと言う
それでも
一回である

おがむ

家のなか不用意に
母にであうと両手をあわせて私をおがむ
そうして口のなかで
もごもごする
それが念仏にきこえて
うろたえる私にかまわず
母はおがみ続ける
こんどは
母をおがみ倒そうと
家のなか用心しながら身を置く
たいがい
おがみ損ねて
私は不信心のままである

幻覚さん

幻覚さんとつきあってくる
外出のしたくをしながら父が言う
ここのところ
母さんは
近所に悪魔のすむ家があって
そこに出かけなければならないと言いはる
どうしたものだろうか
父の相談に私は
散歩がわりについていったらいいね
と軽く答える
幻覚さんとつきあってくる
今朝も悪魔のすむ家をめざし
ふたりは駅の方角に出かける

手袋

ふりかえると
まだ手をふっている
手袋をぬいで
わたしも手をふる
霜柱をふんで役所にむかう朝
母に

仮に

母さんは
ほんとうにぼけているのかなあ
父がふと漏らすことがある
このあいだも
いざとなったら心中しようかと
もちかけたところ
そんな不心得なことは言うなと
いさめられたというのだ
仮に母さんがこの一年余り
ぼけのふりをしていたとしたら
おどろきだね

返事の代わりに
私は父の話をまぜかえす
おれは許さんと父は答える
父にはもちろん
仮にの余地はない

みえるもの

あれがみえないの
どうしてみえないの
自転車駐車場の方角を指差しながら
母は言う
あれというのは悪魔のことである
うそはつけないから
みえないと答える
母は身をふるわせて訴える
あれよ
あれがどうしてみえないの
ああ悪魔といい
神様といい
なぜこうなのだろう

あらそうなの

部屋の引き戸があく
ひょっこり
母の顔
わたしは
なにか用?　とたずねる
数歩こちらに近づいて
あのねとこたえる
そうこたえて部屋をでていく
わたしは
戸をしめていってねと声をかける
あらそうなの
という声をのこして戸はあいたまま
母は上手に戸をあけることができる

養老渓谷

「県下の警察署に連絡しました」
柏警察署から電話がはいる
冬至の前の日のことだ
母は家を出たきりもどってこない
近所を自転車でさがすうちに
日差しはかげりはじめる
手賀の沼沿いをさがすころには
点在する家々に明かりがともる
むこうから
犬をつれた婦人があるいてくる
夜目遠目
母に似ている

「県下の警察署に連絡しました」
電話の声が耳によみがえる
たとえば
養老渓谷あたりを
母は歩いている

訪問

天皇誕生日
あの家をたずねる
母が家を出たあの日
お邪魔したという家だ
電話口で奥さんは
主人の親戚だとおっしゃったものですから
と説明する
わが家から一里あまりの数時間を
母はサンダルばきであるいたのだ
つかれはて
あがりこんだその家で
足をやすめたのだろう

そのまえに立つ
母があがりこんだその家は
母が母であったころに
住まっていた家構えに似ている
わたしは
お礼の品をたしかめて
インターホンを押す

しつけ

たたみのへりをふまないようにあるく
スリッパのさきをそろえてぬぐ
母は
身についた挙措《きょそ》をくずすことができない
さかなのほねをていねいにとりのぞく
こぼしたしるをすぐにふきとる
母は
身についた挙措をくずすことができない

赤い糸

夜中に
母はひと仕事をしたらしい
台所で浸した枕をバスタオルで包み
こたつの上に置いてあったのだ
父はそのとき
目をさまさなかったことを悔いて
今晩からは自分に
母さんをゆわえて寝るんだと
さわいでいた
母がわけもわからず父に
差しだした使い古しの腰ひもを
赤い糸に見立てるわけでは
ないのだろうけれども

しくしく

たまに
ほんの数秒
母に正気の時間が与えられることがある
母は顔色を変え
訴える
迷惑を掛けてすまないと
ほんの数秒
与えられた正気の時間を
母は感謝の言葉に充ててしまう

夜明けに母がしくしく泣いているので
どうしたのかときくと
頭がわるくなってかなしい
と答えた
父がなぐさめても
しばらくしくしくしていたという
与えられた正気の時間に
母は晩節《ばんせつ》の無念を披瀝《ひれき》する

ししゅう

かっぽうぎに
母の名前と電話番号をししゅうする
「あら、池下歌子…」
母は胸もとを見てつぶやく
「いつも着ていてね」
父とわたしはお願いする
願いは適えられたり
られなかったり

いろいろ

古いくつしたで
くつをみがいてもらう
一足で
くつをつつみ
もう一足を
くつのなかにねじこむ
そのように
いろいろ工夫して
一日の家事をなしとげる
母のねむりは
ほんのその先にある

鎖

門扉《もんぴ》のとってに鎖をまく
母は
まいてある鎖をほどくことができない
家のものはすこし安心する
おおきくうしなって
すこしの安心を手に入れる

くしゃみ

くすん
とくしゃみをして
母はつぶやく
「わたし
なにもしていないのに
くしゃみしている」
くすん
二度目のくしゃみをして
母はてれている

学習

買物から帰ると
母が
門扉《もんぴ》のそとで私を迎え出る
となりの奥さんが少し困った顔をして
「とうとう
あけてしまいましたよ」
と言う
門扉につけていた鎖を
試行錯誤のすえ
母があけたというのだ

おそらく手に汗をにぎって
となりの奥さんは
その一部始終を見てくれていたのだろう
礼を言ってなかに入る
母の学習の成果をまえにして
鎖はひとまず垂れたまま

外出

「どこにいくの」
ものおとをききつけて
母は玄関にとんでくる
私「すぐに帰ってくるよ」
母「かならず帰ってきてね」
私は
次のト書をかんがえる

あずましかった

家をあけて何日か
母を風呂に入れることができなかった
何日か振りの風呂あがり
母は
あずましかった
と言った
こころおきない気持ちをあらわす
この方言を耳にするのは
何十年振りだろう
あずましかった
おなじ声の調子でくりかえして
母は何十年まえの
母になる

予習

平成五年三月十三日
気がついたとき家の近くに
母の気配はなかった
わたしは電話のまえで待つことにした
地下鉄赤坂駅から連絡があった
かっぽうぎにししゅうした番号を見て
掛けてくれたのだ
北柏駅から一時間あまり
赤坂駅の事務室に入ると
母は
助役さんと談笑していた

しわくちゃのほおが上気して
わたしを見る目が少してれくさそうだった
母の旅はもちろん
わたしの旅にはならない
母はそうして
予習をくりかえす

仕事

役所から帰ると
今日一日の
母の仕事のあとを見る
ぬれたぞうきんは
引出しのなかにあり
こまかくちぎられた新聞紙が
ちぎられたかたちのまま
食卓のうえにならべてある
これらをなしとげるまでに
母が
どんな気遣いをしたかは知らない
わたしは手早くそれらを
わたしが思うもとに戻す

捨象《しゃしょう》

どうしたの
食事を終えて箸を置くと
母は問いかける
食べおわったからとわたしは答える
終わったの…
母はそう言って涙をながす
どうしたの
話を終えて席を立つと
母は問いかける
話しおわったからとわたしは答える
終わったの…
母はそう言って涙をながす

好調

ここのところ
母さんは好調である
取り込んだ洗濯物をきちんとたたむ
トマトのへたをちゃんと切り取る
入れ歯を自分ではめる
ここのところ
母さんは好調である
悪いこともしないのに「ごめんね」
なんて言っちゃだめよと注意すると
「かんにんね」と言い直す

あと片付け

私が小さいころ
母さんは
和ちゃんの食べるさまを見るのが
たのしいと言っていた
その和ちゃんが今度は
母さんの食べるさまを見る
とりたてたのしいわけでもないけれど
なにかほっとする自分の気持ちを
かんじながら見ている
母さんが食べおわると
和ちゃんは私にもどり
いつものように
あと片付けをはじめる

そう言っちゃおしまいよ

父方の親類が
がんで死にかけているとの連絡があった
父は
あれは酒も煙草ものみ放題だったと言った
そう言っちゃおしまいよ
母がつぶやいた
なんだかんだ言っても
この家の良識は母に在る

えいやー

今日は
母の機嫌がことのほかよくない
庭さきの虫のかげを追って
えいやー
と声を掛ける
掛け声とともに虫は
母の足の下
つぶされて
成仏するかしないか

ダリア畑

去年の夏ことごとく
立枯れた畑のダリアが
今年は大輪の花を咲かせた
ダリア畑の前で
母さんを撮ってほしいと父は言った
出来上がった写真は
笑顔が半分
こちらをのぞき込むようなのが半分
父は笑顔がいいと言った
こちらをのぞき込むような一枚は
葬式用につかえる
ダリアは
たぶんトリミングして

もらい泣き

平成五年八月十五日午後
ラジオ放送の声にしたがって
母は黙禱《もくとう》を始める
肩がふるえて
あわせようとする両手は
合掌のかたちにならない
父も私もつい涙ぐんではみるが
母のそれは多分
もらい泣きではない

つづき

うたこ
だんだん
ばかになる
どうかたすけて
起きぬけ
母はそう言って私にすがりつく
だれが
この病を
老年痴呆《ちほう》と名づけたのだろうか
かつて私は
こんなに賢いさけびをきいたことがない
私は
母のまねをしてすがりつく

足袋の干し方

母と足袋を干す
白い小さい女物と
黒い大きい男物を干す
うっかり
こはぜを上にすると
指を上にして干すのよと
母は指南《しなん》する
母が次の足袋を私にわたす間に
母の指南は私の知恵になる

愛日《あいじつ》

親につかえる時間が
なお足りないと
惜しむ日々を私はおくりたい
けれども現に私がおくるのは
自分にとらわれる時間が足りないと
嘆く日々である
嘆きのとなりに
冬の日のようにおだやかな
母がいる

仕度

母さんは最近
自分のぼけの処しかたに
気づきはじめている
ここ二年の懸命の修練が
実をむすびはじめたのだろうか
いつのまにか
感情の起伏がおだやかになり
妄想《もうそう》の飛躍がちいさくなった
父やわたしのおよばないところで
そのように
母さんは仕度におこたりない

左右

きょうも
げた箱から私のげたを取りだして
母は履いたらしい
履いてどこに行ったかは知らない
きまって
左右が逆になっている
もとにもどして私は履く
どちらが左か右か
たいしたことではないと断言できない

荷

朝夕の食事のしたく
毎日の入浴の手伝い
こうした
世話がすこしも
荷にならないとはいえない
この荷が急にとれたら多分
わたしが
よろけてしまうという意味で

師走

賀状を書くそばに
母がいて
手近の一枚をつまむ
「さわらないでね」と私
「これなあに」と母
「さわらないでね」といっても
母はそれに従うわけではなく
「これなあに」とたずねても
私がそれに答えるわけでもなく

占い

昔ね
占ってもらったら
年取って
末っ子と一緒になると言われたのよ
小さいころ私に
母はよく聞かせてくれた
占いがあたったのか
はずれたのか
今の私にも
母にも
とりたてて関心がない

ごみ出し

母の大事な仕事は
朝のごみ出し
父がうっかり
小さな袋をわたすと機嫌が悪い
今日は
母の心をみたす大きなごみ袋が二つ
私は安心して二人を送り出す

行かなければならない所

行かなければならない所がある
母がそう言い出すと
だれも手をつけられない
そこはどこなのと聞いても問答無用だ
父と私でとめても
同じ力でおしかえしてくる
一度ひそかに
母のあとをつけたことがある
母はいつのまにか
私のうしろにまわっていた
いつかは
だれもが行かなければならない所
とは少し勝手がちがうらしい

涙が離れない

平成六年の元旦もそうだった
ここのところ
母はたいがい泣いている
雑煮をたべながらめそめそする
「母さん不仕合わせなの」と聞いたら
「ううん仕合わせ」と答える
「仕合わせなのになぜ泣くの」と聞くと
「涙が離れない」と答えて
また泣きはじめる
離れないのは涙だけではないらしい

批評

かつて
母にあんでもらったセーターを着て
外出の準備をしていたら
母は「立派ね」と言う
「母さんにあんでもらったんだよ」と説明すると
とりたてて意外というふうでもなく
「そう」と答える
外出からもどって着替えをしていると
母は「立派ね」と言う
「そう」と私は答えて
着ても脱いでも立派なままのセーターを
ひとまず椅子の背に掛けておく

やりとり

「このひもはどうして長いの」
母がたずねる
「長いのが仕事だから」
私は答える
「この敷布はどうして大きいの」
母がたずねる
「大きいのが仕事だから」
私は答える
「このシャツはどうして白いの」
母がたずねる
「白いのが仕事だから」

私は答える
「歌子の仕事はなあに？」
母がたずねる
「元気でいることかな」
私は答える
きょうの
母さんは合格点の仕事をしている

目

胸さわぎがして階下にいくと
母は寝室にいた
暗がりで目をこらしたら
母も私を見ていた
昼間は一瞬も動きをとめないあの視線が
一点にとまって
この部屋の静かさを支えていた
母のとなりでは父が
この世とは縁を切ったとばかりに
ねむりこける

利き手

母の利き手は左手で
小さいころ
右手をつかうようにと注意を受けたらしい
大人になっても左手をつかうときには
だれにというわけでなく遠慮がちだった
母は
いまためらわずに左手をつかう
ものをたべるときにつかう
自分を指差すときにつかう
右手と合わせるときにつかう
母は
今
あらたな両手をそろえる

満足

食後
「おいしかった?」と聞くと
母さんは
おなかをさすりながら
「いまもこのあたりがおいしいの」と答える

店屋さんごっこ

庭先にならべられた家中の靴
母さんはいま靴屋さんである
縁台にならべられた家中の傘
母さんはいま傘屋さんである
靴屋さんの
母さんも
傘屋さんの
母さんもいま店番にいそがしい
母さんに売ってもらった靴をはいて傘をさして
ぼくはいつもの買い物に出掛ける

たべもの

これ
うたこがたべていいの
そうだよ
どうして
どうしても
ふうん
それをくちにはこぶあいだに
ははのぎもんがとけますように

留守番

出勤するぼくに
母は
うたこも行くと言ってきかない
おとなしく留守番していてね
ぼくはそう言って説得をこころみる
勤め先で
多分ぼくは
母のために留守番をする

居住まい

母が自分のことを
「わたし」と言わなくなって久しい
母は自分のことを
「うたこ」と言う
もはや
母は
母のものでも家族のものでもない
そうなることで
母との距離はなくなる
「うたこさん」
居住まいをただして
わたしは
母に呼び掛ける

今生

ちょっと二階にあがるときにも
母は今生《こんじょう》の別れをする
「達者でね」
二階からおりてくると
母は再会をよろこぶ
「無事でよかった」
二階と一階の居心地は存外
そのくらいには違うのかもしれない

指

母は自分の手で
もう一つの手の指を数える
いち
にい
さん
しい
ご
と数えて
指がたりないとなげく
母の手に私の手を添える

ろく
しち
はち
くう
じゅう
と数え続け
母は
「十本あった」とよろこぶ
私の手の指はひととき
母の手にもどる

朗読

母さんの詩を
母さんに読んで聞かせる
母さんはうなずいたり
首をかしげたり
なにかしら
自分のことであることを感じて
てれくさそう
たがいに
てれくさい朗読の時間

ね

うたこね
いまね
みんなにね
めいわくかけているけどね
もう少しでね
この病気ね
なおるからね
私はひととき
ね
を枕にして昼寝

聞き取り

二人に共通の親しい人に電話をするとき
とちゅうで
母さんに代わってもらうことがある
母さんの聞き取り能力は抜群で
私の口うつし
母さんは
その人に話しかける
「お酒をのみすぎないでね」
と言うと口うつしに
「お酒をのみすぎないでね」
と言う

「たばこをすいすぎないでね」
と言うと口うつしに
「たばこをすいすぎないでね」
と言う
「もっとがんばらなくちゃね」
と言うと
母さんは一呼吸置いて
「もっとがんばらなくちゃねだって」
と言う
「…だって」に込められた
母さんの伝聞《でんぶん》を
めでたく鑑賞する

書き取り

私が買い物のメモをしていると
そばで
「うたこも字が書きたい」
と言う
「どうぞ」
私は鉛筆と紙を差し出す
「なんて書けばいいの」
母はたずねる
「おすきなように」
私は答える

差し出した紙のうえに
母は
いけしたうたこ
と書く
書きおわってから
「ひらかなでよかった?」ときく
ひらかなのような
平成六年四月二十一日の
母の質問

ためいき

母がためいきをつく
「どうしてためいきをつくの」
わたしがたずねる
「これはためいきじゃない…」
母はそうつぶやいて
また
ためいきをつく
母がのどでうなるようにしてなく
「どうしてなくの」
わたしがたずねる
「ないてるわけじゃない…」

母はそうつぶやいて
また
なきはじめる
なにも解決しないやりとりが
二人をすこし安心させる

うそほんと

「うそじゃない」
「ほんとでもない」
母の口ぐせのひとつだ
「うそじゃない」と言うそれも
うそじゃないし
「ほんとでもない」と言うそれも
ほんとでもない
母は「うそじゃない」と
「ほんとでもない」との間で
けっこうたのしそう

もののいい方

「そんなもののいい方あるの」
母は突然言う
そしてすぐ
もどる
父や私に謝るひまも与えてくれない
平凡な言葉のはしばしにあらわれた
そんなもののいい方を
母は指摘して
間もなくもどるのだ
それが悲しいのではなく
なにが悲しいのでもなく
その家に
しばし沈黙がおとずれる

どこが痛いの

母は私の顔をのぞきこんで
どこが痛いのときく
ちょうど歯肉が病んでいたので
ここが痛いと答える
母は私の顔面に手を伸ばし
その指で
痛いと言ったここを
押す
どこが痛いの
母はふたたびきく
ここ……
そう言って私は
母の指をさす

しっぱいしちゃった

ふろにつかりながら
母は言う
「うたこ
しっぱいしちゃった」
ぼけるまで長生きしたことが失敗だった
というわけではあるまい
たぶん
夕飯どきにみそ汁をこぼして
かっぽうぎをよごした
それが失敗だったということだろう
しっぱいしちゃった
うたこのかっぽうぎは
洗濯機のなか

副詞

母に副詞はいらない
深く愛する
のではなく
愛する
それだけで不足がない
母に副詞はいらない
強く生きる
のではなく
生きる
それだけで十分だ
母は
愛する
生きる
ただそれだけだ

好物

母さんが
こんなにぶどう好きだったなんて
しらなかった
われわれこどもたちが小さいころ
母さんはひとつぶふたつぶ
味見ていどにしか食べなかった
ぶどうなんて嫌いだと思っていた
くだものなんて好物じゃないと思っていた
たべものは切れはしが好きだと思っていた
いま
母さんはまんなかをたべて
うまそうな顔をする

好物 2

夕食のあと
父が声をひそめて言う
最近
母さんは紙を食べるんだ
こんなもの食べちゃだめだと言ってもきかない
和彦からもよく言い聞かせてくれないか
母さんが
紙を好きだったなんて
しらなかった

いまにして思うと

いまにして思うと
あのときに始まっていたんだ
母さんが一人でうちに来たとき
それでも声をひそめて
「父さんにはないしょで割算の仕方を教えて」
と言った
数十年続けていたあみものを
いつのまにかしなくなったのも
あのころからだ
いまさら
追いつかないことなのだけれども
段ボール箱いっぱいの毛糸が
たんすのうえに置かれてある

ゆるしてくれる

母さんは
ゆるしてくれる
ただ
ゆるしてくれる
あやまると
なぜ
と言う
こちらこそ
とも言う
そうして
ゆるしてくれる
ゆるしをこう私に関係なく
ゆるしてくれる

表情

呼び掛けても変わらない
能面ともちがう顔が
そこにある
妻という嫁という
母というすべての役割を果たしおえ
とりたてて表情のいらなくなった
母の顔が
そこにある

ちょっとまってね

いすから
母を立ち上がらせようと
手をのべる
その手をかるく払って
母は言う
ちょっとまってね
数秒待って
ふたたび手を延べる
母は
その手につかまる
自ら獲得した数秒の猶予《ゆうよ》を
たしかめるように

評判

母さんね
ホームヘルパーに可愛がられているんだ
平成七年の四月から週一回
我が家に訪れることになったホームヘルパー
父は
母がホームヘルパーに可愛がられていると
自慢する
母は
その評判を気にするふうもない

ごちそう

母さんを車いすにのせて
散歩に出る
たちどまりたちどまり
あるく
この速さが
ごちそうなんだね

あいさつ

母さんを車いすにのせて
散歩に出る
乳母車と出会う
こんにちは
押している者同士で
あいさつをかわす
のっている者同士で
きっと
別のあいさつをかわしている

ことわり

母さんを車いすにのせて
散歩に出る
知り合いの家に立ち寄る
軒先で
差出されたコップいっぱいの水を
母さんの口元にはこぶ
母さんは
おいしそうにのみほす
末期《まつご》の水じゃないよ

くさり

母さんを車いすにのせて
散歩に出る
母さんはもう
あるく必要がなくなった
あるくことで得られるものが
失うものより小さくなったのだ
平成七年八月二十九日
門扉《もんぴ》には
さびたくさりが
一応は掛けられてある

床ずれ

母さんの
腰のあたりに
小さい床ずれが出来た
母さんを
朝に夕に湯にいれる
母さんは
機嫌のいいとき
小原庄助さんの顔になる

手相

日曜日
昼のそばをたべたあと
どんぶりをあらう手をとめてふりむくと
母さんがてのひらをながめている
どんぶりをあらいおえても
母さんはまだてのひらをながめている
声をかけそこねて
てのひらをながめるのをながめる
母さんは小首をかしげ
てのひらをひとなめする
父さんが便所からもどるあいだに
母さんの生命線がすこしのびる

逮捕

父は荷造りがうまい
このあいだも
東京詩学の会の集まりでくばる本の荷造りを頼んだら
会場の文京区民センターに少しもゆるまず
送ったままのかたちで届いていた
「どこでならったの」ときいたことがある
「警察学校でおしえていた」と父はこたえた
逮捕された本をほどくには多少てまどったが
いま
母さんは一本の縄もつかわずに
元警察官の父をがんじがらめにしている

病院

1

血尿がつづいて
母さんを産婦人科につれていく
紙おむつをあてたまま
母さんは妊婦にかこまれる
診察の順番をまちながら
まどろむ
付添いの私は
母さんの手につかまって
ゆめの出口でたちどまる

2

医師は
検査で重大な原因がわかっても
手術は無理な年齢だという
家にもどり父にそれをつたえる
「母さんにきこえる」
そういって父は居間と寝室の戸をしめる
戸のむこうで
母さんは
うかつな私に苦笑している

3

ふたつの大病にかかるなんて
母さんは気の毒だと父はなげく
気落ちしないようにとも
ひとつもふたつも同じだとも言わず
私は沈黙する
母さんなら多分
わらってすます

喪服

そろそろ用意しておかなければと
父はいう
「喪服?」
私がききかえす
もっと声を落して「うん」という
母はここのところ
ますます元気な様子

突然

突然
うごかなくなる
よびかけても
ゆすっても
うごかない
突然
うごきだす
母さん

記憶

母さんが病気になってから
何年たったのだろう
日記を見ないとわからない
毎日毎日会っているから
記憶はいつも新しいまま

ここを目的地に決めたんだね

母さんは
歩いて歩いて歩きつづけて
ようやく
手をひいても
歩かなくなった
ここを目的地に決めたんだね

痛みどめ

とうとう
去年の暮れから
母に
痛みどめの座薬をつかいはじめた
痛みどめで
しばし何かの痛みからは
とかれたようにみえる
平成九年元日の夕暮れ

消去法

おむつをとりかえてみる
水をのませてみる
母さんは
あーあーと訴えつづける
まだ痛みどめは効いているはず
からだのむきをかえてみる
背中をさすってみる
母さんは
あーあーと訴えつづける
ぼくは途方に暮れることもなく
母さんの訴えをながめる

連絡帳

訪問看護の連絡帳に
話ができてうれしいとおかあ様に伝えました
と書かれてある
おしめをとりかえるとき
母が
「なんぼ言ってもわかんない」と言ったというのだ
きっと排便を伝えてくれたのでしょう
と看護婦さんは付記してある
話ができてうれしいとおかあ様に伝えました
この一行を
今度は私のために読む

母の死

平成九年早春、母は八十一歳の生涯をとじた。

母の死

平成九年二月二十六日
母は死にました
容体が変わって八時間後の
夕方六時四十四分に息をひきとりました
私は出前の寿司を食べながら
母をながめていました
肩でしていた息があごに移って
ふれるとすぐにとまりそうでした
海苔巻きを私の口に運んだとき
母は息をとめました

「息がとまった」と私は言いました
そして海苔巻きをのみこみました
となりの部屋で食事をしていた父が
とりたてて急ぐでもなく
「そうか」と言いました
息をひきとって五十分後に到着した姉が泣きさけんでも
母は息をとめたままでした

さかむけ

親不孝をすると出来るというさかむけが
右の親指に出来て
何かをするたびにさわって痛いのです
姉が選んだ死に装束を
母に着せるときにも
襟に当たったさかむけが私を痛がらせます
痛みから解き放たれ
支度のできた
母がただそこにあります

手の甲

後悔は
胸のうちにではなく
手の甲にとどく
線香をつまむたびに痛みがはしる
手の甲にこんな役目があったのか
たやすい反省をして
手の甲をさすってみる

いつ

一人でトイレに行かれなくなったのはいつ
一人で歩けなくなったのはいつ
一人で食べられなくなったのはいつ
一人で風呂に入れなくなったのはいつ
どれもいつからと答えられない
看病でも介護でもなく
いっしょにくらしているだけだったから

１ｇの死生観も

１ｇの死生観も持ちあわせていなかった
私のからだのどこをさがしても
すこしはしっかりしているのかとうぬぼれていた
ただしく悲しむこともできない私は
母の死のそばで
いぎたなく泣くばかり

ひたい

火葬のまえに
母さんの死に顔をみると
二月十一日
風呂場であやまってつけたひたいのきずのあとが
まだ
ぽちんとのこっている
きずあとがきえるまえに
死なせてしまったんだね
ごめん

日常

葬式が終わった翌日
玄関に出ると
酒屋の若旦那が
「すいません遅れました」と言いながら
香典袋を差し出す
「あっどうも」
ビール一ケースを受け取るように私は
母さんのいなくなった初めての日常を受け取る

あとがき

この本は、平成九年（一九九七年）六月に私家版として発行した『母の詩集』がもとになっています。

私家版『母の詩集』は、母の百箇日に際し、その供養の気持ちを込めて作りました。

母は、平成三年（一九九一年）秋、アルツハイマー型老年痴呆（現在でいう「認知症」）と診断されました。その当時、母は父と二人で暮らしていましたが、翌四年（一九九二年）春、私は両親と一緒に暮らすようになりました。

それから五年間、日記を書くようにその暮らしのありさまを一篇一篇、ワープロに打ち込みました。診たててくれた医者の言葉どおり、母の病気は日ごと進みました。平成八年（一九九六年）夏には、肝臓がんに侵されていることが分かりました。そして、平成九年（一九九七年）二月二十六日、母は消えるように息をひきとりました。その間の詩（のようなもの）の数は、百九十篇になりました。それを時系列に並べた一冊が、私家版『母の詩集』です。

このたび、種々のご縁があって、種智院大学客員教授小澤勲氏並びに童話屋代表取締役田中和雄氏のご配意により、このように晴れがましい形で拙著が出版されることとなりました。心より感謝申し上げます。

童話屋さんの一冊としてまとめさせていただくに際しては、配列の順はほぼ変えずに篇数を三割程度削りました。「アルツハイマー型老年痴呆」をはじめとする用語は、私家版のままといたしました。

この一冊が、ひとりでも多くの方々の無用のなにがしになってくださることを願ってやみません。

平成十八年（二〇〇六年）八月吉日

池下和彦

蛇足ながら　左のメモ紙の写しは、母歌子が最後に書いた自分の名前です（メモ紙の上半分に「いけした　うたこ」と十字の形で配置されているもの）。その下半分に、私が数行、メモしています。そのメモをもとに「書き取り」（一三四ページに掲載のもの）を作りました——蛇足ながら。

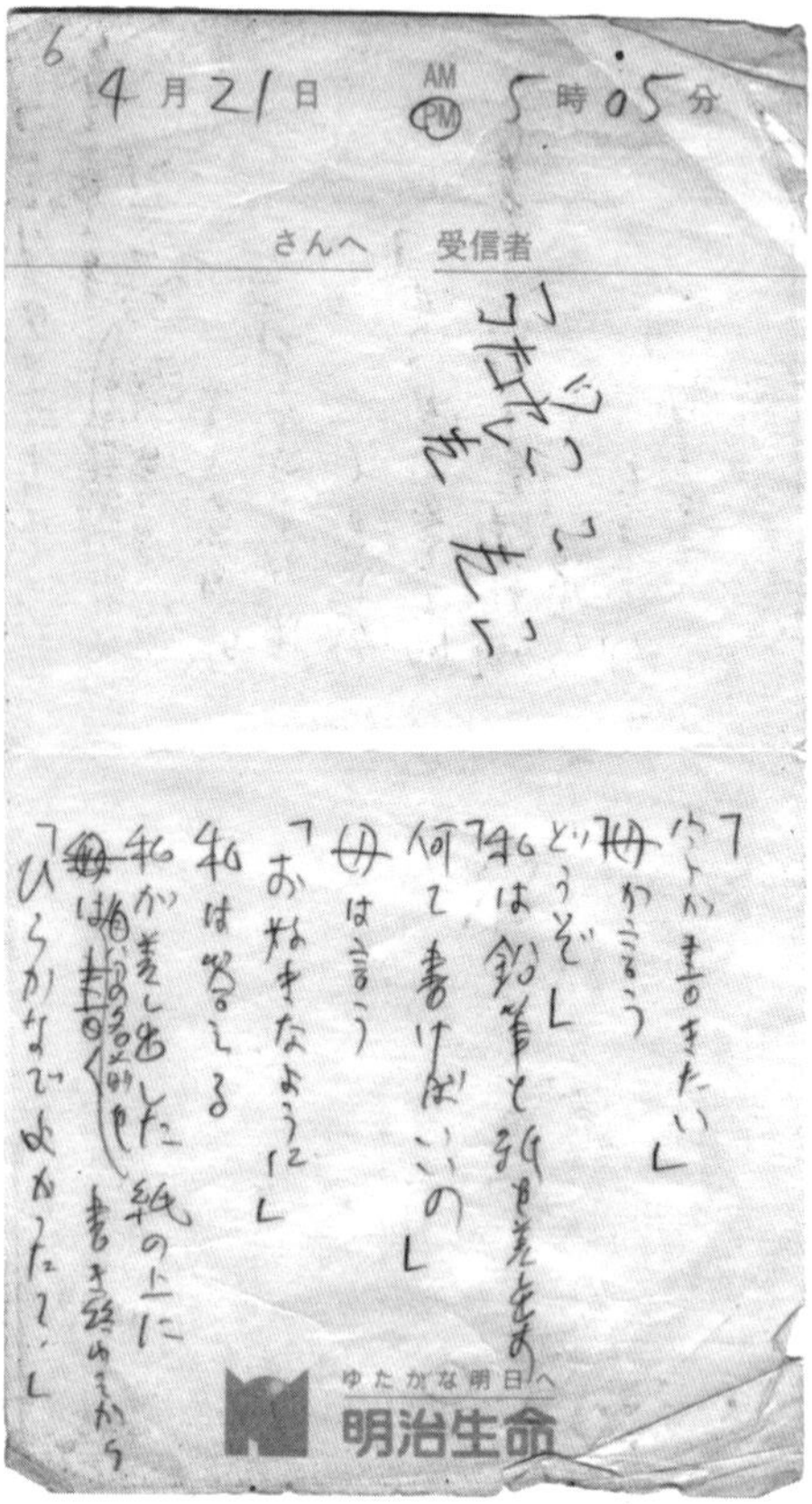

池下和彦（いけした かずひこ）
昭和22年6月13日北海道生まれ。
中央大学法学部法律学科卒業。
不定期に『はがき詩信』を発行。
詩集として『手』（詩学社）、『物』（私家版）。

母の詩集
二〇〇六年八月二八日初版発行
二〇一二年六月九日第二刷発行
著者　池下和彦
発行者　田中和雄
発行所　株式会社　童話屋
〒166-0016　東京都杉並区成田西二―五―八
電話〇三―五三〇五―三三九一
製版・印刷・製本　株式会社　精興社
NDC九一一・一八四頁・B六判

ISBN4-88747-065-7